AF359415

PRIX
DE NÉRONDE.

—

FÊTE DU FAUTEUIL DE SON ALTESSE ROYALE

MADAME,

DUCHESSE D'ANGOULÊME.

Fondation annuelle et perpétuelle pour consacrer le souvenir
du retour de Sa Majesté, en 1815.

PAR

Ant.-Fr. DELANDINE,

Bibliothécaire de Lyon, Chevalier de la Légion d'honneur.

LYON,

DE L'IMPRIMERIE DE FR. MISTRAL,

Rue de Gadagne, n.º 8.

PRIX DE NÉRONDE.

Dans tous les temps, je trouvai à Néronde, chef-lieu de canton du département de la Loire, un asile sûr et des cœurs honnêtes.

Aux jours désastreux de 1793, je vins m'y réfugier ; la proscription me suivit. Arrêté et conduit dans les prisons de Lyon, j'y dus toutes mes consolations et ma liberté à une députation de trente habitans, presque tous vignerons ou cultivateurs, qui, sans aucun mobile d'intérêt, se réunirent, traversèrent nos montagnes, et firent vingt quatre lieues à leurs frais pour réclamer mon élargissement. Ils se rappelèrent que mes pères, en leur distribuant la justice, furent pour eux des magistrats équitables et bienfaisans ; que nés au milieu d'eux, ils reposent près de leurs pères.

Dans ces derniers momens d'orage, où des factieux, avides de pouvoir et d'or, provoquant le retour de l'usurpateur, ont éloigné le meilleur des Rois, et apporté parmi nous l'anarchie et l'oubli des lois, fatigué, ainsi que mes fils, par d'honorables persécutions, il m'a fallu fuir Lyon, qui, sous l'influence de perfides étrangers, voyait s'obscurcir son ancienne gloire. Je suis revenu à Néronde chercher quelque repos. J'y ai revu ses habi-tans, pleins de ces sentimens d'honnêteté, de fidélité et de justice, qui honorent la vie et en adoucissent le cours.

Néronde a été peut-être la première com-mune du département de la Loire où l'anti-que drapeau des Français a été arboré. Dès le 13 juillet, cinq jours après l'entrée du Roi dans sa capitale, malgré que Néronde fût entouré de troupes encore insoumises et éga-rées, tous les propriétaires un peu aisés de cette commune se réunirent pour inviter les neuf Maires du canton à célébrer, dans un banquet, le retour du Roi. On y fit les vœux les plus ardens pour son bonheur et celui de son auguste maison. On y renouvela le ser-ment d'être à jamais ses sujets fidèles et res-pectueux.

Admis à ce banquet de famille, mon cœur ému voulut perpétuer le souvenir de cet heureux retour, et j'offris dès-lors à la commune de Néronde de fonder un prix annuel dont je détermine ici les conditions. Sa modique valeur n'empêchera pas qu'il ne puisse y accroître l'empire des bonnes mœurs, le respect pour la religion, l'amour du souverain légitime, la piété filiale, l'obéissance aux lois, la fidélité des serviteurs, la bonté des maîtres, et le doux exercice de la bienfaisance.

Une simple rose, donnée par St. *Médard* aux habitans de Salency, y propagea pendant des siècles de bons exemples. Que l'imitation de cette fête antique devienne aussi utile pour Néronde ! le territoire y est propice aux bonnes actions, et un modeste encouragement suffira pour les faire éclorre.

Fondation.

LE huit juillet, jour de la rentrée de Sa Majesté et de son auguste Famille à Paris, il·sera fait, par le Fondateur et pendant sa vie, une distribution en blé ou pain à des habitans de Néronde, peu riches, mais connus par leur probité et leur attachement à l'autorité légitime.

Chaque année, le même jour huit juillet, si le Fondateur est à Néronde, ou le huit septembre, jour de la Nativité de la Vierge, fête de Son Altesse Royale *Madame*, Duchesse d'Angoulême, et qui est aussi la fête Patronale de la commune, si ces jours sont un dimanche, et dans le cas contraire, le dimanche qui suivra le 8 juillet et le 8 septembre, immédiatement avant la grand-messe paroissiale, ou si cela convient mieux à M. le Curé, avant les Vêpres, il sera donné par lui, devant la balustrade du chœur de l'Eglise, un Prix de *bonne Conduite*.

Ce Prix consistera, pour une femme, en une Croix d'or, surmontée d'un collan ou plaque portant ces mots gravés : *bonne Conduite*. Elle sera de la valeur de cinquante-quatre francs, formée de croisillons aplatis, portant le Christ et la Vierge, et terminée par des fleurs de Lys.

Pour un homme, le Prix consistera, 1.º en une Médaille ou plaque d'argent, du prix de quatre francs, portant ces mots gravés : *bonne Conduite*; 2.º en un Bénitier d'argent, surmonté d'une croix avec fleurs de Lys , du poids et valeur de cinquante francs.

Les Croix, Bénitiers et Médailles, avant leur distribution , seront bénis par M. le Curé, qui fera lecture de la liste de ceux ou celles qui les auront obtenus dans les années précédentes , avec une simple indication du motif.

Motifs pour obtenir le Prix.

Pour mériter le Prix, il faudra être inscrit sur le *registre d'honneur*, et compris dans les cinq cas ici déterminés. Il sera accordé alternativement : 1.º au *bon Ménage*, 2.º à la *Bienfaisance* publique ou particulière , 3.º au *Courage*, 4.º à la *Piété filiale*, 5.º au *bon Serviteur*.

Bon Ménage.

Il faut avoir, pendant trente ans, offert un modèle d'union conjugale, en vivant continuellement sous le même toît, dans le travail, compagnon de la véritable joie, sans querelle dans le ménage, donnant une bonne éducation aux enfans, étant aimés des voisins, et n'ayant jamais blessé la probité, ni le respect dû au Monarque et aux Autorités par lui établies. Dans ce cas, la femme obtiendra le prix ; mais alors le nom du mari, ainsi que le sien, seront inscrits sur le registre d'honneur.

Bienfaisance.

Avoir pris soin d'un orphelin ou d'un septuagénaire infirme pendant six ans, exercé un acte de générosité ou de bienfaisance publique ou particulière, qui paraisse aux juges digne de récompense.

Courage.

Avoir donné un exemple de courage et de dévouement généreux, en s'exposant à la mort, pour le bien public, dans un incendie, une inondation, l'attaque d'un animal féroce ou d'un voleur, et généralement dans toute action pour laquelle on s'oublie pour accourir à la défense d'autrui. Un homme né à Néronde, ayant fait un acte de courage dans une autre commune, peut concourir, si cet acte est attesté par le Curé , le Maire de cette commune, et le Juge de paix du canton.

Piété Filiale.

Avoir prouvé son respect et sa tendresse pour les auteurs de ses jours, en les nourissant par son travail, en les soignant dans leurs infirmités et leur indigence. Au nombre des pères et mères, sont compris les beaux-pères et belles-mères.

Bon Serviteur.

Avoir, en état de domesticité, servi avec zèle et fidélité pendant vingt ans les mêmes maîtres mariés. Si l'un d'eux venait à décéder dans l'intervalle des vingt ans , cette perte ne pourrait empêcher le serviteur d'avoir le prix, si sa conduite a toujours été irréprochable. Pour l'obtenir, il ne sera pas nécessaire que les maîtres soient résidens à Néronde ; mais dans ce cas , le certificat de fidélité du serviteur et de son temps de service sera non-seulement attesté par les maîtres, mais encore par M. le Curé, et deux habitans notables de la commune où ces maîtres habitent.

Après avoir accordé le prix dans l'une de ces cinq classes, on choisira dans une autre pour adjuger le prix de l'année suivante.

Le registre d'honneur contiendra les faits dignes d'estime et de récompense passés dans la commune, et les motifs de quiconque aura quelque droit de concourir.

Chacun des Juges du prix, dans la séance de l'adjudication de chaque année, aura le droit de faire inscrire un Candidat sur le registre d'honneur.

Celui ou celle qui aura obtenu le prix, aura le même droit pendant l'année de son couronnement, et le registre indiquera alors le nom de celui ou celle qui aura fait la désignation.

Le registre sera fait double, l'un remis entre les mains de M. le Maire, l'autre entre celles du Fondateur et de ses descendans.

Juges du Prix.

Le premier juillet ou premier septembre de chaque année, un Comité déterminera, à la pluralité des voix, parmi ceux qui seront inscrits dans la classe désignée, celui ou celle qui lui paraîtra mériter le Prix.

Les autres Candidats non couronnés, continueront à rester sur le registre d'honneur, et à concourir pour les années suivantes.

Le Comité, dans la même séance, invitera deux habitans notables ou deux femmes distinguées par leur bonne conduite, à aller chercher dans leur habitation, et à accompagner à l'Eglise, la personne qui devra y recevoir le Prix.

Pour l'obtenir, il faudra être né à Néronde, ou y avoir un domicile depuis plus de dix ans.

La séance d'élection se tiendra alternativement chaque année chez l'un des cinq Juges domiciliés à Néronde.

Le Comité sera formé de sept membres, qui pourront décider au nombre de trois. Dans le cas d'égalité de suffrages entre les concurrens, la préférence sera accordée au plus âgé.

Les Membres du Comité seront : M. le Maire, ou en cas d'absence, M. l'Adjoint ; M. le Curé de Néronde ; M. le Juge de paix du canton, s'il est domicilié dans la commune , ou à son défaut, l'assesseur ou officier de police judiciaire qui y aura sa demeure ; le Fondateur du Prix ou l'un de ses descendans ; et un habitant de Néronde, pris par ce dernier dans la classe des cultivateurs-propriétaires. Celui-ci changera chaque année, pour qu'un plus grand nombre jouisse de l'honneur d'être Juge du Prix.

Dans le cas d'absence, de maladie ou d'empêchement de l'un ou de plusieurs des Juges, le Fondateur ou ses descendans, et à leur défaut M. le Maire, pourront les remplacer par un ou plusieurs habitans notables.

M. le Curé et M. le Maire de *Violey*, quand ils pourront venir à Néronde, compléteront ce Comité. Ce seront les seuls étrangers qui y seront admis.

De Violey.

CETTE distinction en faveur de Violey est bien faible pour témoigner à cette commune l'estime et la reconnaissance que tous les honnêtes gens lui doivent. Violey, situé à l'extrémité du canton, au sommet des monts qui bornent au matin le département de la

Loire, fut pendant vingt-cinq ans l'asile de ceux qui n'en trouvaient plus. On y accueillit tous ceux que la fureur révolutionnaire osa proscrire pour avoir prêché l'Evangile, regretté un Gouvernement paternel, éclairé les hommes. Chaque maison s'y ouvrit aux infortunés, obligés de fuir et de cacher leurs services, leurs opinions, leurs bienfaits et leur vie. Cette commune se trouva heureuse de l'aspérité de son site, de la rigueur du froid qui y règne, et s'empressa d'en profiter pour protéger l'innocence et le malheur. Elle n'eut rien à envier alors aux communes environnantes, plus ouvertes, d'un aspect moins sauvage, d'un abord plus facile et par conséquent plus dangereux. La neige qui, dans de longs hivers, couvre à une grande hauteur ces montagnes, devint souvent un rempart inaccessible à l'oppression. Sous de rustiques toits, la douce hospitalité, entourée de frimats, fit trouver à ses hôtes l'oubli de leurs peines. En été, que de Prêtres vénérables s'enfoncèrent sous ces noirs sapins ! combien de pères de famille, de jeunes gens dans l'âge du bonheur, placés sur de sanglantes listes d'émigrés, obtinrent ici, sous d'immenses ombrages et dans des grottes solitaires, un sûr abri contre les dénonciations et les bourreaux.

Violey, sans cesse frappé de réquisitions et de contributions énormes, en punition de son prétendu incivisme, paya sans murmurer; et chacun s'y imposa le devoir de vivre de peu, pour partager ce qui lui restait avec le malheur.

Si dans les villes mêmes populeuses, il est souvent difficile de choisir un bon Maire, ici, pour en trouver un généreux et bienfaisant, il suffit de pénétrer dans la plupart des familles, et d'en prendre le chef.

Voyageur sensible, ami de la Monarchie et de ses justes lois, lorsqu'en venant à Lyon, vous serez parvenu sur les hauteurs qui dominent Tarare, tournez vos regards à droite, et vous verrez le sommet de *Beausuire*, plus élevé que les autres monts. C'est sur sa croupe blanche et peu fertile qu'on trouve Violey. Dites alors : « Ces vallons profonds et ces montagnes hospitalières peuvent peut-être un jour me protéger. C'est là que, dans tous les temps de désolation, on m'accordera un généreux refuge. Là, j'oublierai la méchanceté des hommes, les atroces fureurs des partis qui les divisent, et les innombrables contrariétés de la vie ; là, le Curé me consolera, le Maire m'accueillera, et chaque habitant me défendra comme son frère. »

Mais où m'entraîne le plaisir de rendre hommage à un lieu pauvre, ignoré, dont le souvenir ne vit que dans quelques cœurs reconnaissans ? Cependant, parler de Violey, ce n'est pas s'éloigner du *Prix de bonne conduite.*

Celui que je viens de fonder est sans doute de trop peu de valeur ; mais il en obtiendra une bien honorable par la distinction suivante qui en accompagnera le don.

Fauteuil de Son Altesse Royale.

Le lundi 11 août 1814, Son Altesse Royale Madame, Duchesse d'Angoulême, vint visiter la belle Bibliothèque de Lyon. Tous ceux qui pénétrèrent dans sa vaste enceinte y admirèrent ses grâces, son accueil, la vivacité de son esprit, et furent profondément touchés des marques de bonté qu'elle y prodigua aux

Lyonnais, et à quiconque eut alors le bonheur de l'approcher.

La ville, occupée des préparatifs des fêtes qu'elle s'empressait d'offrir à Son Altesse Royale, laissa au Bibliothécaire le soin de pourvoir à tout ce qui étoit nécessaire pour sa réception dans le local dont la direction lui est confiée. Celui-ci, pour conserver dans sa famille un meuble précieux, se hâta d'ordonner, à ses frais, le Fauteuil destiné à l'auguste Princesse.

Ce Fauteuil est doré dans toute sa boiserie. On en a choisi la forme majestueuse et commode, dite *à la Reine*. Il est couvert d'un fort tissu de soie blanc, relevé par de brillantes tiges de roses. Cette dorure était l'emblême de l'éclat du rang de celle qui allait l'occuper ; cette étoffe blanche, celui de l'innocence et de la pureté de sa vie ; ces roses si vives, celui de toutes les vertus qui embellissent son caractère.

Madame s'y est assise pendant une heure. Personne ne s'y est reposé depuis.

Ce meuble remarquable devait passer à mes fils. Le seul jour de leur hymen, on y aurait vu prendre place à leurs vertueuses épouses. Cet honneur eût fait envier à de jeunes beautés le plaisir d'entrer dans ma famille. Ce Fauteuil eût vieilli avec mes descendans. Il aurait été le témoin de leurs jeux, de leurs fêtes, de leurs bonnes actions, de leur bonheur. Dans l'avenir, on l'eût considéré comme un vertueux ancêtre dont l'aspect bannissait le mal et encourageait au bien. Quel projet coupable, quelle opinion désordonnée auraient pu naître, lorsque chacun de mes petits-fils auraient dit : *Madame fut là!* Cette pensée eût anobli leurs sentimens, relevé leur courage dans les temps d'orage, affermi leurs pas dans la carrière souvent périlleuse et du devoir et de l'honneur.

Qui ne songe qu'à soi, ne serait pas digne de le posséder ; aussi, j'ai cru faire un respectable emploi de ce Fauteuil, en le donnant à une commune qui s'est montrée à l'abri des criminelles séductions, et en l'y faisant servir de noble récompense à la vertu.

En conséquence, le jour de la distribution du Prix, le Fauteuil de Son Altesse Royale sera solennellement porté à l'Eglise paroissiale de Néronde, avant la célébration de la

Messe, et déposé sur un tapis, au bas de l'autel de la chapelle de la Vierge.

C'est là qu'ira y prendre place celui ou celle qui aura obtenu le Prix.

Derrière le dosseret, un canevas de soie, entouré d'un rinceau brodé en fleurs de Lys d'or, portera cette inscription :

« Sur ce Fauteuil où l'on contemple
« L'auteur de vertueux bienfaits,
« On vit l'Orpheline du Temple,
« Idole d'amour des Français.

« MADAME, Duchesse d'Angoulême, s'y « reposa lors de son passage à Lyon, en 1814. »

Pendant ma vie, ce Fauteuil restera dans ma maison paternelle, voisine de l'Eglise. Après moi, il sera remis à la commune de Néronde, lorsque celle-ci pourra avoir un bâtiment destiné à la Mairie, ou offrir quelque autre local commode, non humide, et digne de le recevoir.

Gardiennes du Fauteuil.

Les demoiselles et jeunes filles de Néronde, vêtues de blanc, précédées et suivies, s'il est possible, d'un piquet de garde nationale, sont invitées à venir processionnellement chercher le Fauteuil pour le porter à l'Eglise, et le rapporter au lieu où il sera renfermé dans une caisse d'acajou, ornée des armes de France.

Pour le porter, douze seront particulièrement choisies chaque année par le Comité, et seront désignées sous le titre de *Gardiennes du Fauteuil.* A cet effet, elles recevront chacune, au moment de sa remise, un bouquet orné de rubans pour leur servir de ceinture et soutenir le Fauteuil. L'achat de ces rubans complétera la somme de soixante fr., objet de la Fondation. La clef de la caisse renfermant le Fauteuil sera confiée à la première des *Gardiennes*, qui aura le titre de *Directrice*, et veillera à tous les détails de la cérémonie religieuse.

Banc d'honneur, prières et autres dispositions.

Lorsque Messieurs les Administrateurs de la fabrique de Néronde agréeront mon vœu, je m'engage à faire placer, à mes frais, au fond de la nef de l'Eglise, ou par-tout ailleurs dans son enceinte, d'après la désignation de la fabrique, un banc à six places, particulièrement consacré à recevoir, pendant les offices et pour leur vie, ceux qui auront obtenu le Prix. Cette distinction ne peut déplaire à aucun habitant, puisque tous peuvent acquérir l'honneur d'y entrer.

Jusqu'au temps où les places du banc d'honneur pourront être remplies par ceux ou celles qui auront obtenu le Prix, M. le Curé de Néronde donnera des cartes d'admission aux personnes sexagénaires qui, par leur bonne réputation, lui paraîtront mériter d'y être admises.

Ceux ou celles qui auront obtenu le Prix, doivent chaque année assister à la Messe funèbre du 21 janvier, et y prier :

1.º Pour le saint et glorieux martyr *Louis XVI*, et l'auguste Reine de France, *Marie-Antoinette*, qui partagea sa bienfaisance son inaltérable courage et ses affreux malheurs ; Madame *Elisabeth*, sœur du Monarque, ange de bonté et noble modèle de l'amitié fraternelle ; et pour le jeune Roi *Louis XVII*, innocente victime des fureurs révolutionnaires, qu'il avait déjà dit vouloir pardonner.

2.º Pour la prospérité de Sa Majesté *Louis*

XVIII, de *Madame*, Duchesse d'Angoulême, et de la Famille Royale.

3.º Pour le repos du Fondateur, et de *Marguerite-Clémence Péronnet de Gravanieux*, son épouse, lorsqu'ils auront quitté cette vie si agitée pour une à jamais durable.

La prière de celui qui, au soir de ses jours, peut s'avouer qu'il les a passés dans les utiles travaux de l'agriculture et l'exercice du bien, doit être exaucée par l'Etre Suprême. Ainsi, lorsque sur le soir, le soleil prolonge ses plus doux rayons, l'humble fleur des champs exhale ses plus suaves odeurs, et son parfum agréable vient embaumer la rive et s'élève jusqu'au Ciel.

Le Fondateur fournira chaque année, pendant sa vie, à M. le Curé de Néronde, les médailles, croix, bénitiers et rubans, pour la valeur de soixante francs, et la rente de cette somme sera établie sur sa maison de Néronde, à moins que celui qui en jouira ne préfère en verser le capital dans les mains de MM. les Maire et Adjoints de la commune, qui en feront l'objet d'un prêt solide et par hypothèque, et dont l'intérêt sera employé comme il est dit.

La rente sera payée dans la suite des âges, tant qu'il existera un simple fragment du Fauteuil, conservé avec respect par la commune de Néronde.

Dans le cas où par quelque obstacle ou événement imprévu, la distribution du Prix ne pourrait être momentanément faite à l'Eglise, et en y suivant les dispositions précédentes, le Prix sera provisoirement décerné chez le Fondateur ou l'un des membres du Comité, dans une séance publique, suivie d'un banquet, où seront portées les santés, 1.º de Sa Majesté, de *Madame* et de la Famille Royale; 2.º de celui ou celle qui aura remporté le Prix; 3.º des généreux et bienfaisans habitans de Violey.

Ainsi offert à la commune de Néronde, et promis observer par moi, Bibliothécaire de la ville de Lyon, en accomplissement de l'offre que j'ai faite le 13 juillet 1815.

A Lyon, ce seize du mois de mai mil huit cent seize.

Signé, Delandine.

Enregistré à Lyon, le 22 juin 1816.

Signé, Guillot.

OBSERVATIONS.

I.

Dépôt de l'Acte.

Le titre de fondation a été déposé à Lyon, le 22 juin 1816, dans l'étude de Me *Ducruet*, notaire renommé par ses lumières et son amour inaltérable pour le Roi. L'acte de dépôt établit la sureté du payement annuel de la rente, par une hypothèque spéciale sur la maison du Fondateur, située à Néronde, et qu'on a déclaré n'être grevée d'aucune autre hypothèque ni inscription.

II.

Arrestation en 1793.

C'est dans la nuit du 28 janvier 1793 que je fus arrêté à Néronde avec M. Duvand, alors Maire de cette commune. Celui-ci, réclamé comme moi par les habitans, n'obtint sa liberté qu'après une longue détention, et le même jour que moi. Ses lumières, les principes de fidélité au Roi et à la Monarchie qu'il montra dans l'assemblée législative de 1791, lui méritèrent cette honorable persécution. Il a bien voulu être un des premiers à accueillir la fondation du Prix de *bonne Conduite*.

III.

Membres du Jury ; paroles de Louis XVI.

Les premiers membres du Comité de jugement, en 1816 et 1817, ont été :

M. *Mondon*, Maire actuel de Néronde, ci-devant notaire et commandant de la garde nationale du canton, où il a su maintenir la paix dans les temps d'orage, et où son obligeance naturelle cherche sans cesse à être utile.

M. *Bérardier* (de Grézieux), ci-devant chanoine du chapitre noble d'Ainay de Lyon, a préféré la cure modeste de Néronde, où son bon esprit concilie toutes les opinions, à une place plus brillante dans une ville où ses talens l'auraient appelé.

M. *Genevrier*, juge de paix éclairé, bon père de famille, zélé serviteur du Roi, est le beau-frère du Fondateur.

M. *Reybier*, Curé de Violey, excellent prédicateur, plein d'esprit, est le sage guide de ceux qui l'entourent. Il leur inspire les plus nobles sentimens, et les vertus religieuses et bienfaisantes qu'il pratique.

M. *Guyonet*, Maire de Violey, est le véritable ami de ses administrés. De concert avec le pasteur du lieu, il leur apprend à obéir avec joie aux lois qu'ils doivent à l'auguste frère de celui qu'ils invoquent chaque jour dans leurs prières ; et quel Monarque, en effet, mérita plus que *Louis XVI* de devenir le saint objet de l'invocation spéciale du pauvre et de l'humble habitant des champs ? N'est-ce pas lui qui disait aux députés du 14 juillet 1790, ces paroles mémorables, qui peignent si bien la bonté de toute son Auguste Famille, et qu'on devrait graver sur des pyramides champêtres !

« Redites à vos concitoyens que j'aurais voulu leur parler à tous comme je vous parle ici ; redites-leur que leur Roi est leur père, leur frère, leur ami ; qu'il ne peut être heureux que de leur bonheur, grand que de leur gloire, puissant que de leur liberté, riche que de leur prospérité, souffrant que de leurs maux. Faites sur-tout entendre les paroles ou plutôt les sentimens de mon cœur dans les chaumières et les réduits des infortunés ; dites-leur que si je ne puis me transporter avec vous dans leurs asiles, je veux du moins y être par mon affection et par les lois protectrices du faible ; que je veux veiller pour eux, vivre pour eux, et mourir, s'il le faut, pour eux. »

IV.

Liste des Gardiennes, en 1816, d'après l'ordre alphabétique de leurs noms.

Mesdemoiselles,

Boiron (*Philippine*), fille de M. le Médecin de Néronde.

Delany (*Babtistine*), fille de M. *Delany*, qui a servi dans l'armée de M. le Prince de *Condé*.

Donzi (*Anne*).

Dufour (*Jeannette*), fille de M. le receveur des impositions de Violey, capitaine de la garde nationale de Néronde

Gatelet (*Françoise*).

GENEVRIER (*Charlotte*), *Directrice.*

GENEVRIER (*Annette*), fille de M. le juge de paix.

GOURDIAT (*Antoinette*), fille de M. le receveur de l'enregistrement.

MONDON (*Mathilde*), fille de M. le Maire de Néronde.

MONTAGNE (*Jeanne*).

SYLVESTRE (*Antoinette*).

VIAL (*Catherine*), fille d'un membre du Conseil municipal.

PIÈCES

APPROBATIVES

ET

RELATIVES AU PRIX.

PIÈCES APPROBATIVES

ET

RELATIVES AU PRIX.

I.

LETTRE à M. l'abbé de Montesquiou, Ministre d'Etat. 1816.

MONSEIGNEUR,

Jamais la raison ne s'exprima avec plus d'éloquence que dans votre excellent discours sur les dons à faire au Clergé.

Ce mot profond, *donner est toute la société*, mériterait que tout Français, en le lisant, fît un don à l'indigence et à la vertu : voici le mien. Veuillez, Monseigneur, en examiner l'objet. J'ai voulu, en excitant au bien la petite ville de Néronde, toujours fidèle à l'honneur, unir la religion à mon hommage, et le faire offrir dans l'Eglise, en face *du Dieu* qu'on voulait priver d'autel ; et pour célébrer le retour *du Roi*, qu'on voulait priver du trône.

J'ose espérer de vos bontés, Monseigneur, que vous voudrez bien soumettre à Son Altesse Royale *Madame*, mon projet de consacrer le Fauteuil qu'elle occupa dans la bibliothèque de Lyon, à récompenser la *bonne Conduite* et les vertus sociales. Ce projet sera converti en titre légal, sitôt que vous aurez pu me faire parvenir son honorable approbation.

Mon don est de bien peu de valeur ; mais la petite ville de Néronde, d'environ mille habitans de population, est pauvre, éloignée de douze grandes lieues de Lyon, de quatre de toute grande route. On y vit heureux, sans fortune, sur-tout sans connaître le moindre luxe ; soixante francs y ajoutent autant à l'aisance, que mille francs à Paris. Une croix d'or, un bénitier d'argent, suffiront pour récompense ; jamais on n'y a vu d'objets plus riches.

Daignez, pour faire agréer ma fondation à **Son Altesse Royale**, lui rappeler qu'ayant toujours parlé et voté dans les états-généraux pour le soutien de la Monarchie, non-seulement je protestai contre la détention de *Louis XVI*, mais que j'osai davantage. Je portai cette protestation aux comités réunis des recherches et des rapports. On y voulait faire prononcer la déchéance du Monarque, et nommer un régent ; je déclarai avec énergie à ces comités que si le Roi ne devenait libre dans sa personne et l'exercice de son pouvoir, j'allais quitter l'assemblée avec deux cents de mes collègues que j'engagerais à suivre mon exemple. Alors, tout changea ; les factieux craignirent de succomber dans leur projet, et le rapport devint plus favorable au Monarque. *Louis XVI*, si magnanime, déjà si malheureux, mais qui n'oubliait aucun service, daigna me faire remercier par vous, Monseigneur, et par M. le duc de Fitz-James.

Vous vous rappelâtes sans doute cette circons-

tance, lorsque vous voulûtes bien me faire accorder
par Sa Majesté, cette croix de Henri IV qui repose
sur un cœur qui lui est tout dévoué.

Je suis avec un très-profond respect,

Signé, DELANDINE.

II.

LETTRE du Secrétaire des commandemens de Son Altesse Royale MADAME, Duchesse d'Angoulême, à M. Delandine, du 10 mai 1816.

MONSIEUR,

Son Altesse Royale, Madame, Duchesse d'Angoulême, a eu connaissance d'une fondation annuelle que
vous vous proposiez d'établir dans la ville de Néronde,
pour y perpétuer le souvenir du retour de Sa Majesté.

Madame, toujours disposée à encourager les bonnes
institutions, ne peut qu'approuver une œuvre qui
tend d'une manière sensible au maintien des bonnes
mœurs, à l'affermissement de la religion et à l'amour
du Roi.

Je me félicite d'être ici l'organe de Son Altesse
Royale, et vous prie d'agréer l'assurance de mes sentimens les plus distingués.

Signé, BEAUGEARD,
Secrétaire des commandemens de S. A. R.

III.

ADHÉSION de M. le Curé de Néronde.

Je soussigné, Curé de Néronde, adhère avec empressement, en ce qui me concerne, au jugement

du Prix de bonne conduite foudé à Néronde ; et quant à sa distribution sôlennelle à l'Eglise , je me plairai à la faire sous l'autorité des supérieurs ecclésiastiques.

A Néronde , ce 15 juillet 1816.

Signé , BÉRARDIER-GRÉZIEUX ,

Curé de Néronde.

I V.

LETTRE de Messieurs les Vicaires-Généraux du diocèse de Lyon, à Monsieur le Curé de Néronde.

MONSIEUR LE CURÉ ,

La fondation de M. Delandine , chevalier de la Légion d'honneur , membre de l'académie de Lyon , et bibliothécaire de la ville , est trop intéressante pour n'être pas accueillie avec empressement et favorisée par vous et par nous , en ce qui est de notre minis- tère. Nous vous autorisons donc à faire la distribu- tion des prix dans l'Eglise , un jour de dimanche ou de fête chomée. Nous ne doutons pas de votre zèle à mettre à cette cérémonie toute la solennité qu'elle mérite. Quand il s'agit de couronner la vertu et célébrer la cause du Roi , on ne saurait trop entre- prendre ; tout ce que vous direz et ferez en ce jour, n'égalera jamais la vivacité des sentimens qui vous animent vous et nous pour Louis XVIII et son auguste Famille. Vous entrerez dans les intentions du Fonda- teur et du pieux Monarque , si vous prenez toutes les précautions que la prudence vous suggérera pour que cette fête soit chrétienne , édifiante , et digne du Dieu que nous adorons.

Nous sommes avec respect,

     Signé , COURBON , REYNAUD , BOCHARD ,

          Vicaires-généraux.

V.

ADHÉSION de Messieurs les Membres du Jury.

C'est avec une vive satisfaction que nous adhérons, en ce qui nous concerne, à devenir membres du Comité de jugement formé pour décerner le Prix de *bonne Conduite* fondé à Néronde.

Ce trente juillet 1816.

Signé , GENEVRIER , *Juge de paix du Canton de Néronde* , REYBIER , *Curé de Violey* , GUYONET, *Maire de Violey*.

V I.

DÉLIBÉRATION du Conseil municipal de la ville de Néronde.

Le 10 juillet 1816, le Conseil municipal de la commune de Néronde , extraordinairement convoqué , d'après l'autorisation de M. le vicomte de Nonneville, maître des requêtes , Préfet de la Loire , s'est réuni dans la salle ordinaire de ses séances. M. le Maire a déposé sur le bureau, 1.° l'autorisation de M. le vicomte de Nonneville, en date du cinq courant; 2.° un titre de fondation d'un prix de *bonne Conduite* fait au profit de la commune de Néronde, par M. Antoine-François Delandine , chevalier de l'ordre royal de la

Légion d'honneur, et bibliothécaire de la ville de Lyon ; ledit titre déposé dans l'étude de Ducruet, notaire à Lyon, et son confrère, à la date du 22 juin dernier, duement enregistré.

Lecture faite de l'acte, M. le Maire a recueilli en-suite les opinions de chacun des membres du Conseil. A l'unanimité des suffrages, la fondation et les dons qui l'accompagnent seront acceptés avec reconnais-sance d'après les autorisations légales.

Tous ont reconnu :

1.º Que le Prix décerné le huit juillet de chaque année, rappelait à jamais aux habitans de Néronde l'heureuse époque du retour de Sa Majesté dans sa capitale.

2.º Que cette époque était bien digne d'être célé-brée par le Fondateur, qui, député de la province du Forez aux états-généraux de 1789, y avait toujours montré le plus grand courage à défendre les intérêts de son Souverain, et les justes droits de la monar-chie.

5.º Que la fondation d'un Prix de *bonne Conduite* ne pouvait qu'animer toutes les classes à l'exercice du bien, servir au bon exemple et arrêter la démo-ralisation, en faisant respecter la religion, la bien-faisance, la probité, l'union conjugale, la piété filiale, et les autres vertus généreuses.

4.º Que cet établissement consolidant dans tous les cœurs l'amour du meilleur des Rois, ferait connoî-tre une commune trop ignorée, et qui s'est toujours montrée fidèle.

Le Conseil reçoit avec respect le Fauteuil de son

Altesse Royale, Madame, Duchesse d'Angoulême, comme un gage de bonheur pour la commune. Il veillera avec soin à sa conservation, et le mettra sous l'égide de la piété en le déposant solennellement chaque année dans la chapelle de la Vierge, pour y servir de mobile aux bonnes actions, et de récompense à la vertu.

Ainsi délibéré à Néronde, chef-lieu de canton, département de la Loire; et ont signé les Membres du Conseil avec le Maire et le secrétaire.

Signé au Registre, Crozet, Poyet, Farges, Durand, Charles, Lavallée, Vial, Maussier; Mondon, *Maire*; Coste, *Secrétaire*.

VII.

AVIS de M. le Sous-Préfet de Roanne.

« La fondation d'un prix annuel de *bonne Conduite* dans les Communes de Néronde et de Violey, peut accroître dans cette contrée de mon arrondissement le respect pour la Religion, l'amour dû au Souverain légitime, et l'empire des bonnes mœurs. Je ne puis donc qu'applaudir à cette marque du zèle d'un bon Français, cherchant à propager les nobles sentimens qui l'animent, et c'est avec un vrai plaisir que j'y mets mon approbation. »

Roanne, 28 mai 1816.

Signé, Vacher.

VIII.

AVIS de M. le Préfet de la Loire. — 6 juin 1816.

« Nous, Maître des requêtes, Préfet du département de la Loire, après avoir pris lecture du présent projet de fondation, accordons avec empressement notre approbation aux dispositions qu'il renferme, en applaudissant aux pieuses et honorables intentions qui l'ont conçu, ainsi qu'aux sentimens qui s'y trouvent exprimés...... Ce titre honorable doit consacrer une institution qui, en encourageant les bonnes mœurs et la vertu, offre en même temps une récompense à la généreuse conduite de la population de deux communes qui, par leur attachement aux vrais principes, leur dévouement à la cause royale, et leur hospitalité envers les malheureux, ont acquis des droits bien mérités à l'estime et à la reconnaissance publique. »

Signé, Le Vicomte de Nonneville.

IX.

RAPPORT au Conseil d'Etat.

Le Rapport sur la fondation a été fait, dans les premiers jours de mars, au Conseil d'Etat, par M. *Hely-d'Oissel*, Maître des Requétes, et le Conseil l'a approuvée.

X.

ORDONNANCE de Sa Majesté.

LOUIS, par la grâce de Dieu, Roi de France et de Navarre.

A tous ceux qui ces présentes verront salut.

Sur le Rapport de notre Ministre, Secrétaire d'Etat au département de l'intérieur, notre Conseil d'Etat a entendu,

Nous avons ordonné et ordonnons ce qui suit :

Art. I. Le Maire de la commune de Néronde (Loire), est autorisé à accepter, au nom de la Commune, la fondation d'un prix annuel de *bonne Conduite*, de la valeur de soixante francs, au capital de douze cents francs, faite par le sieur *Delandine*, Bibliothécaire de la ville de Lyon, aux conditions détaillées dans l'acte passé devant *Ducruet* et son collègue, Notaires à Lyon, le 22 juin 1816, ainsi que dans l'acte supplémentaire passé par le Fondateur devant les mêmes Notaires, à Lyon, le 20 février 1817.

Art. II. Notre Ministre Secrétaire d'Etat au département de l'intérieur, est chargé de l'exécution de la présente Ordonnance.

Donné au Château des Tuileries, le 12 mars, l'an de grâce 1817, et de notre règne le vingt-deuxième.

Signé, LOUIS.

Par le Roi :

Le Ministre Secrétaire d'Etat au département de l'intérieur,

Signé, LAINÉ.

Pour ampliation :

Le Secrétaire-Général du Ministre de l'intérieur, par intérim,

Signé, L'ESCARENNE.

Pour Copie conforme, le Secrétaire-Général de la Préfecture,

Signé, DUPLESSY.

Pour Copie conforme, le Sous-Préfet de Roanne,

Signé, VACHER.

XI.

ACTE d'Acceptation de la Commune de Néronde.

Nous *Benoît-Narcisse Mondon*, Maire de la ville de Néronde, chef-lieu de canton, arrondissement de Roanne, département de la Loire.

Vu le titre de fondation et acte postérieur.

Vu l'Ordonnance du Roi du 13 mars dernier ; au nom de la Commune de Néronde, acceptons la fondation mentionnée dans lesdits actes, et arrêtons que ces Actes, Délibérations, Avis, Approbations et Ordonnances de Sa Majesté seront transcrits tout au long sur le registre de délibération du Conseil municipal, et que les pièces originales adressées à la commune de Néronde, seront déposées aux archives d'icelle, pour y avoir recours, le cas arrivant.

Fait et arrêté en Mairie, à Néronde, le 12 avril 1817.

Signé, Mondon, Maire.

DISTRIBUTION ANNUELLE

DU PRIX

DE BONNE CONDUITE.

Année 1816.

PREMIÈRE DISTRIBUION DU PRIX.

En conformité de l'acte portant établissement de la fondation faite à Néronde, chef-lieu de canton du département de la Loire, pour y célébrer à jamais le retour de Sa Majesté Louis XVIII, et de son auguste Famille dans la capitale, le 8 juillet 1815, l'objet en a été rempli ainsi qu'il suit :

Le huit juillet 1816, à 7 heures du matin, il a été fait une distribution en argent et blé, à des indigens et malades de la Commune.

A neuf heures, le Comité de jugement a déclaré que le prix de cette année était relatif au *bon Ménage*. Il consiste en une plaque à l'effigie du Roi, surmontant une croix d'or à fleurs de lys. Les suffrages tirés du scrutin, l'ont accordé à Mad. *Marguerite-Françoise-Clémence Péronnet - de - Gravanieux*, épouse de M. *Delandine*, fondateur. Mariée depuis 37 ans, mère de deux fils distingués par leur inaltérable attachement au Roi, M. *Delandine*, vice-président du tribunal civil de Lyon, et M. *Delandine-St.-Esprit*, chevalier de l'ordre du Phénix, elle marqua tous les jours de sa vie par de bonnes actions. Aimée des pauvres et de quiconque la connaît, nulle n'a paru au Comité plus digne de la couronne.

Mad. Delandine s'est présentée alors, et a déclaré accepter avec reconnaissance et respect l'honneur de s'asseoir pendant la grand-messe paroissiale dans le Fauteuil de son Altesse Royale, MADAME, Duchesse d'Angoulême, et la croix d'or ; mais elle a prié le Comité d'agréer qu'elle versât la valeur de ce dernier objet entre les mains de l'épouse de M. le juge de paix, pour être distribuée, d'après la désignation des Gardiennes, le huit septembre prochain, fête de la Nativité de la Vierge, et qui est celle de son Altesse Royale et de la Commune, aux malades et infirmes, au nombre de dix-huit.

Le Fondateur a remercié le Comité du témoignage honorable d'estime qu'il venait d'accorder à son épouse ; mais ne voulant pas qu'elle privât une autre personne de son droit au prix, il a prié le Comité d'adjuger de suite une autre croix d'or, dont il ferait les fonds ; ce qui a été agréé.

Ce prix a été décerné à Mad. *Antoinette Genevrier*, épouse de M. *Crozet*, membre du Conseil de la commune et de celui de l'arrondissement de Roanne. Mariée depuis 36 ans, elle est mère de sept enfans, tous pensant en bons Français, et dont deux fils se distinguent à Lyon, l'un, dans la carrière ecclésiastique, et l'autre dans celle du commerce. Par sa bienfaisance, sa douceur et les autres vertus de son sexe, elle a obtenu dans tous les temps l'estime de ses compatriotes.

D'après ce jugement du Comité, le prix a été distribué.

La veille, un rappel de tambour a proclamé l'ordre de M. le Maire à la garde nationale de prendre les armes le lendemain, et la grande sonnerie a annoncé la cérémonie religieuse.

Le dimanche, 14 juillet, toute la garde nationale a pris les armes, et la grosse cloche a sonné.

Les douze Gardiennes du Fauteuil, choisies sur la présentation de M. le Curé, parmi les personnes les plus distinguées par leur bonne réputation, dans les principales familles de la Commune, se sont assemblées chez leur Directrice. Un piquet de la garde nationale est allé les y chercher. Elles sont sorties deux à deux, vêtues de blanc, avec des bouquets de lys et de roses, ornés de rubans blancs. Arrivées chez le Fondateur, elles ont pris le Fauteuil de son Altesse, et le cortége est alors sorti dans l'ordre suivant :

Les tambours ;

Un détachement de la garde nationale ;

Quatre Gardiennes ;

Quatre autres soutenant le Fauteuil doré de l'auguste Princesse ;

Quatre autres Gardiennes ;

Un détachement de la garde ;

M. le Maire donnant la main à Mad. *Delandine* tenant une plante de lys ;

Le Fondateur donnant la main à Mad. *Crozet ;*

Une nombreuse suite de dames et d'habitans notables ;

Un détachement de la garde nationale.

Le cortége est entré à l'église par la grande porte, a suivi la nef, au bruit des tambours et de la sonnerie.

3*

Les Gardiennes ont placé le Fauteuil sur un riche tapis, au bas de l'autel de la chapelle de la Vierge. Cette chapelle, parée comme au jour de Pâques, a été ornée dans son enceinte de festons de lys et de roses. Le devant d'autel, donné par Mad. *Delandine*, a servi pour la première fois. Il est formé d'un brocard des Indes, à fond blanc, relevé par des fleurs éclatantes et liserées d'or.

Mad. *Delandine* a pris place dans le Fauteuil, ayant à ses côtés Mad. *Crozet*, et derrière elle toutes les Gardiennes.

Après l'eau bénite, M. le Curé est venu à la balustrade du chœur lire 1.º un extrait de l'acte de Fondation ; 2.º la lettre de MM. les Vicaires-généraux du diocèse, qui ordonne de mettre à la cérémonie religieuse la plus grande solennité ; 3.º le procès-verbal du Comité portant adjudication du prix.

La grand'messe a aussitôt commencé. Après l'évangile, M. le Curé est revenu à la balustrade du chœur bénir le pain et les croix d'or. Les dames couronnées, accompagnées de deux Gardiennes, se sont présentées à l'offrande et ont reçu les croix de M. le Curé qui leur a adressé un discours expressif, encourageant aux bonnes actions, et plein de sentimens de respect pour Sa Majesté.

De retour dans la chapelle, Mad. *Crozet* a eu l'honneur de s'asseoir dans le Fauteuil.

Le pain béni a été alors distribué dans une corbeille particulière aux dames ayant le prix, aux Gardiennes du Fauteuil et aux autorités locales.

Après la messe, le cortége est revenu dans le même ordre, au bruit des boîtes et des acclamations publiques. Une foule de spectateurs, émus et les larmes aux yeux, formant la haie avec respect pour voir le Fauteuil, ont fait entendre à diverses reprises les cris de joie et d'amour, « *Vive le Roi, vive Madame !* »

De nombreux habitans des communes voisines sont accourus avec empressement à Néronde pour être témoins de la cérémonie. On entendoit ceux de Violey se dire : « C'est aussi notre fête. » Des dames sont venues de quatre lieues, et traversant les montagnes, pour avoir le plaisir d'y assister, et de réunir leurs expressions d'amour pour le Roi à l'alégresse générale.

Des banquets donnés chez M. le Curé et le Fondateur, un autre offert par ce dernier à la garde nationale, ont permis d'y porter les santés de Sa Majesté, de Madame, Duchesse d'Angoulême, de la Famille Royale, de celles qui ont obtenu le prix, et des habitans de Violey, dont la conduite fut dans tous les temps irréprochable.

Année 1817.

SECONDE DISTRIBUTION DU PRIX.

Pour perpétuer le souvenir du retour de Sa Majesté et de son Auguste Famille à Paris, le 8 juillet 1815, il a été fondé à Néronde un prix annuel de *bonne Conduite*.

Le douze mars de cette année, le Roi, par son ordonnance, a permis à la commune de Néronde d'accepter cette foundation et en a prescrit l'exécution, Ainsi, le prix de 1817 est le premier que l'on doit à la bienveillance de *Louis XVIII*. Ce Monarque, plein d'amour pour tous ses sujets, a daigné s'occuper de Néronde et signer de son auguste nom l'acte qui y assure à jamais une récompense à la vertu, un encouragement aux bonnes mœurs.

En conséquence, le huit juillet de 1817, il a été fait une distribution en argent et blé aux indigens et malades de la commune.

Le premier septembre suivant, les sept membres du Comité de jugement se sont réunis, et le Président a annoncé que le prix de cette année étoit celui relatif à la *bienfaisance* publique ou particulière.

Pour l'obtenir, il faut avoir exercé un acte de générosité publique qui paroisse aux juges digne de récompense, ou un acte de bienfaisance particulière, en ayant pris soin pendant six ans d'un vieillard infirme ou d'un orphelin,

Les suffrages, recueillis au scrutin secret, ont été unanimes, et ont accordé le prix à M. *Pierre Peuliet*, propriétaire-cultivateur, marié et domicilié à Néronde depuis plus de trente ans.

Pierre Peuliet a mérité l'estime publique par sa charité constante envers les pauvres. Bon et modeste, tout dévoué à sa religion et à son Roi, il ne néglige aucune occasion de faire le bien.

La commune de Nandax, près de Roanne, lui doit les ornemens du grand Autel de son Eglise, ainsi que la croix et les six chandeliers qui la décorent.

A Néronde, *Peuliet* a fait relever à ses frais la Croix en pierre du cimetière et l'antique chapelle de la Vierge. De cette chapelle, placée sur un mont qui domine toute la plaine du département de la Loire, la vue se prolonge à plus de vingt lieues et jusques aux montagnes du Puy-de-Dôme. De temps immémorial, et avant l'an 800, toutes les communes voisines venoient y célébrer avec solennité la fête de la Nativité de la Vierge. Le cimetière l'entoure, et les habitans de Néronde y prioient chaque jour pour leurs pères et leurs amis qui y reposent.

La révolution avoit dégradé cette chapelle, et depuis vingt-sept ans, au lieu de chants religieux, on n'y entendoit plus que le triste gémissement des vents. Ses murs ont été rétablis ; le pavé dont la dégradation ne permettoit plus le passage, a été nivellé ; et on a recouvert la sépulture des morts. Le principal autel est sorti de ses décombres ; et une nouvelle cloche, du sommet de l'édifice, appelle les fidèles aux offices sacrés, et y remplace celle qui fut enlevée en 1793.

Pierre Peuliet, peu riche , cultivant de ses pro-propres mains son modeste héritage , frugal et éco-nome pour lui-même , s'est imposé pour le bien pu-blic des privations qui ne lui ont jamais paru péni-bles. C'est la prodigalité particulière qui dessèche l'ame et la rend avare de bienfaits : *Publicam magni-ficentiam* , dit Velleius Paterculus, *depopulatur pri-vata luxuries*.

Le huit septembre, jour de la fête patronale de la commune et de celle de son Altesse Royale *Madame* , *Pierre Peuliet*, précédé des Gardiennes du Fauteuil, conduit à l'Eglise par les autorités locales , entouré et suivi de toute la garde nationale sous les armes et avec drapeau déployé, a reçu solennellement à la grand'messe , des mains de M. le Curé de Néronde, qui lui a adressé un discours touchant et analogue à la cérémonie , le bénitier et la médaille d'argent bé-nis , et a eu l'honneur de s'asseoir dans le Fauteuil, placé sur un riche tapis , au milieu du chœur de l'é-glise , entre ceux de M. le Maire et de M. le Juge de paix.

Toutes les rues où le cortége a passé , et tous les coteaux couverts de spectateurs, ont retenti des cris répétés de *Vive le Roi, vive Madame !*

Des banquets offerts par le Fondateur aux per-sonnes couronnées , aux autorités locales, aux mem-bres du comité de jugement, aux Gardiennes du Fauteuil, à la garde nationale , ont fait éclater la plus vive joie. Elle a redoublé , lorsqu'au bruit des boîtes, on a porté avec transport les santés de Sa Majesté , de *Madame* , Duchesse d'Angoûleme , des Princes français.

Le soir, à Vêpres, M. le Curé de Violey, membre du comité, a terminé un éloquent sermon en invoquant la Vierge pour la prospérité de la France, et celle du Roi et de son Auguste Famille. Il a prouvé que la France ne pouvoit être heureuse qu'en repoussant tout esprit de faction, tout principe d'anarchie, qu'en s'unissant intimément au Monarque, en partageant ses nobles sentimens de bienfaisance et de paix, qu'en confondant toutes les opinions dans un respect profond pour sa Personne, et une fidélité inviolable à la légitimité. L'émotion dont les cœurs étoient pénétrés s'est alors manifestée sur tous les visages par de douces larmes.

La commune de Néronde, très-pauvre en ce moment, n'a fait aucune récolte en vins, grains et fruits depuis trois ans. Cette année, elle a eu le malheur d'éprouver trois fois la grêle qui a tout ravagé. Malgré cette calamité, les jeunes gens ont voulu célébrer le retour du bon Roi par des danses, sous les yeux de leurs vieux parens, et après la célébration de tous les offices. Pendant deux jours, ils y ont oublié les peines et les malheurs de l'année. Aucun désordre n'a troublé leur joie ; et ces jeunes gens ont prouvé que les véritables et bons serviteurs du Monarque savoient être doux entre eux, honnêtes envers les étrangers, et respecter les conseils de leurs pères et les ordres de l'autorité légitime.

9 782329 665597